JOURNÉES CASSE-COU

Adapté par Molly McGuire
Inspiré de la série d'animation créée par
Dan Povenmire et Jeff « Swampy » Marsh

© 2011 Presses Aventure pour l'édition française.
© 2010 par Disney Enterprises, Inc. Tous droits réservés.

Presses Aventure, une division de
LES PUBLICATIONS MODUS VIVENDI INC.
55, rue Jean-Talon Ouest, 2ᵉ étage
Montréal (Québec) H2R 2W8
CANADA

Publié pour la première fois en 2010 par Disney Press
sous le titre *Daredevil days*

Traduit de l'anglais par François Côté

Dépôt légal – Bibliothèque et Archives nationales du Québec, 2011
Dépôt légal – Bibliothèque et Archives Canada, 2011

ISBN 978-2-89660-341-1

Nous reconnaissons l'aide financière du gouvernement du Canada par l'entremise
du Fonds du livre du Canada pour nos activités d'édition.

Gouvernement du Québec – Programme de crédit d'impôt pour l'édition de livres –
Gestion SODEC

Imprimé au Canada

Première partie

Chapitre 1

C'était une autre belle journée ensoleillée durant les vacances d'été. Phinéas Flynn et Ferb Fletcher étaient assis sur le canapé de la salle de séjour en compagnie des grands-parents de Phinéas, grand-maman Betty Jo et grand-papa Clyde et, tous ensemble, ils écoutaient M. Fletcher qui s'était lancé dans un discours sur les dés à coudre anciens.

– Et c'est pourquoi, au XVIIIe siècle, le dé à coudre ne représente pas seulement une tranche d'histoire, mais un exemple probant de courage et de persévérance... dit M. Fletcher, en consultant ses fiches. Durant l'après-midi, il devait prendre la parole devant un large

auditoire et il voulait réviser son discours une dernière fois. Il jeta un regard anxieux aux membres de sa famille réunis devant lui.

– C'est fantastique, papa ! s'exclama Phinéas avec enthousiasme. M. Fletcher était un fin connaisseur en matière d'antiquités, ce qui était une bonne chose étant donné qu'il possédait un magasin d'antiquités en ville.

–Oh, c'était merveilleux, dit grand-maman Betty Jo. Puis, elle pencha la tête et fit semblant de ronfler bruyamment.

–Maman! s'écria M. Fletcher. La mère de Phinéas fronça les sourcils.

–Oh, je blague! dit grand-maman Betty Jo avec un petit rire. Et elle sourit à M. Fletcher.

–Je suis certaine que ton discours va remporter un franc succès au symposium sur les dés à coudre anciens.

La mère de Phinéas jeta un coup d'œil à sa montre.

–Et nous allons être en retard si nous ne nous mettons pas en route tout de suite, lui rappela-t-elle.

–Encore merci de vous occuper des enfants aujourd'hui, dit-elle à ses parents. Candice fait du patin au parc. Vous trouverez tous les numéros de

téléphone utiles sur le réfrigérateur. Soyez gentils avec vos grands-parents, les garçons! M. Fletcher appela les garçons, puis, lui et sa femme quittèrent la maison. Phinéas et Ferb leur firent un signe de la main. La maison semblait étrangement tranquille tout à coup.

Qu'allaient-ils bien pouvoir faire toute la journée? Même Perry, l'ornithorynque, l'animal de compagnie des garçons, les regardait d'un air désabusé. Mais c'était sans compter le sourire espiègle que leur lança leur grand-mère.

6

– Aimeriez-vous aller au parc et... embêter un peu votre sœur ? demanda-t-elle.

– Ouiii ! s'exclamèrent Phinéas et grand-papa Clyde à l'unisson. Les garçons et leur grand-père s'élancèrent hors de la pièce, laissant Perry perplexe. Hé bien, les choses s'amélioraient déjà un peu !

Au parc, la meilleure amie de Candice, Stacy Hirano, était en train de montrer à son amie à faire du patin à roulettes.

– Mais, c'est parfait, tu as tout   compris ! la félicita Stacy, en patinant en avant d'elle. Tu es peut-être un peu rouillée, mais tu y arrives très bien !

Stacy avait toujours eu beaucoup de facilité pour le patin. Pour Candice Flynn, par contre... c'était bien différent. Elle était géniale quand il s'agissait de magasiner, de chanter ou

de jouer la comédie, mais le patin, ce n'était pas vraiment son truc.

–Je... je n'arrive pas à tourner ou à arrêter, et toi tu me dis que tout va pour le mieux! Candice battait désespérément l'air avec ses bras en s'efforçant de garder l'équilibre.

–Je me demande si Jérémy fait du patin ici aujourd'hui, dit-elle. Jérémy Johnson était un des camarades de classe de Candice et de Stacy et il travaillait au restaurant du coin où tout le monde achetait ses burgers. Candice avait vraiiiment le béguin pour lui. À ses yeux, Jérémy était, sans le moindre doute, le gars le plus mignon de toute la planète.

Stacy s'arrêta brusquement, et Candice faillit entrer en collision avec elle. Son amie pointait du doigt quelque chose qu'elle venait d'apercevoir plus loin dans le parc.

–C'est ta famille là-bas, non? demanda-t-elle. Surprise, Candice restait bouche bée.

–Mais que font-ils ici? Elle reconnut sans peine Ferb qui décrivait gracieusement de grands cercles en patin, tout près d'elle.

8

–Tu vois, je te l'avais dit, Ferb est un excellent patineur, dit fièrement Phinéas à son grand-père. Ils avaient enfilé tout leur équipement, le casque, ainsi que les protecteurs pour les coudes et les genoux. Quant à Grand-papa Clyde, assis sur un banc tout près, il suivait leurs prouesses.

–Oh, ça c'est mon garçon ! roucoulait grand-maman Betty Jo en admirant la technique de Ferb. Elle et Phinéas avaient rejoint Ferb sur le pavage où ils effectuaient des virages

9

étourdissants et virevoltaient en se croisant avec autorité. Un petit attroupement admiratif s'était crée autour d'eux. Ils étaient vraiment impressionnants!

Soudain, grand-papa Clyde aperçut Candice en train de patiner un peu plus loin sur le sentier pavé.

– Ohé! lui lança-t-il. Bonjour! cria grand-maman Betty Jo, faisant de larges signes en direction de Candice.

– Hé, Candice, viens patiner avec nous! disait Phinéas en formant de grands cercles autour d'elle.

Candice fit halte et regarda ses frères et ses grands-parents avec horreur.

– Fais-moi tourner, Stacy! ordonna-t-elle. Stacy l'orienta dans l'autre direction et elles s'éloignèrent en vitesse de sa famille. Candice n'était pas contente du tout. On pouvait compter sur Phinéas pour gâcher une belle journée au parc! Je te revaudrai ça, Phinéas, pensa-t-elle.

Chapitre 2

Grand-maman Betty Jo, Phinéas et Ferb, profitant des sentiers ensoleillés, patinèrent un peu partout dans le parc.

– Alors, grand-maman, où as-tu appris à patiner ? lui demanda Phinéas.

Il n'avait jamais eu l'occasion de voir une autre grand-maman patiner aussi bien que sa grand-mère Betty Jo, ne serait-ce qu'à moitié.

11

La grand-mère de Phinéas se laissa glisser devant eux et exécuta quelques sauts.

– En fait, les garçons, j'étais passablement douée dans ma... ooh ! Ne regardant plus devant elle, elle venait d'entrer en collision avec quelqu'un ! Elle tomba par terre en poussant un grognement.

– Regarde où tu... commença-t-elle. Mais, elle s'interrompit avant de terminer sa phrase. Le patineur lui semblait vaguement familier et il semblait évident que l'autre patineur avait la même impression.

– Betty Jo des Bombers du secteur des Trois-États ? demanda-t-elle. Elle paraissait plus ou moins du même âge que grand-maman Betty Jo et avait des cheveux blancs coupés courts.

– Hildegard ? des Slashers de Saskatoon ? demanda

Betty Jo, toujours sous l'effet de la surprise.

Elle retira ses lunettes pour mieux voir celle qu'elle venait de heurter. Hildegard mit ses mains sur ses hanches.

– Je croyais bien ne plus jamais entendre le son de ta voix en 1957, quand j'ai remporté le trophée et que je suis légitimement devenue la reine du derby, dit-elle d'un ton moqueur.

– Ça alors, grand-maman, tu as participé au derby en patin ? demanda Phinéas surpris.

– Non seulement j'ai participé, mais j'étais la championne ! C'était il y a très longtemps, les enfants. Le regard de sa grand-maman se perdait dans le lointain, alors qu'elle revivait la finale du derby opposant les Bombers du secteur des Trois-États et les Slashers de Saskatoon.

– Nous en étions au dernier tour. Mon équipe exécutait une stratégie appelée le coup de fouet, que nous avions mise au point et que nous utilisions pour me propulser vers la ligne d'arrivée. Elle expliqua ensuite que le coup de fouet était un mouvement difficile à réaliser auquel les patineurs avaient recours à l'entrée

d'une courbe. Ceux-ci formaient une chaîne et la personne placée à l'extérieur de la chaîne était catapultée vers l'avant à la sortie de la courbe au moment où elles exécutaient le coup de fouet. Ses explications semblaient très savantes… et nous pensions aussi que ce devait être passablement dangereux. Ma grand-mère est un monstre de vitesse, pensa Phinéas. Super !

– L'équipe d'Hildegard avait eu la même idée, ajouta grand-maman Betty Jo. Elle poursuivit ensuite son récit. Elle et Hildegard avaient effectué leur approche de la ligne d'arrivée exactement en même temps. Et, juste au moment où elle allait la franchir, Hildegard s'était portée à sa hauteur, et elle l'avait…

poussée ! Phinéas et Ferb en eurent le souffle coupé. Ça, ce n'était vraiment pas juste !

–Tu as gagné parce que tu as triché ! s'écria Betty Jo, en se retournant pour regarder en face son ancienne rivale.

–Tous les coups sont permis, tu te souviens ? répliqua Hildegard, répétant le vieux dicton qui avait cours chez les participantes du derby. Elle plissa les yeux.

Grand-maman Betty Jo et Hildegard se défièrent comme des cowboys prêts à dégainer leur arme lors d'un duel.

–Alors, que dirais-tu si on essayait de nouveau ? la défia Betty Jo.

–Quand tu veux, où tu veux, rétorqua Hildegard.

–Tu patines comme un buffle d'Asie ! rageait grand-maman Betty Jo.

–Tu ne pourrais même pas gagner contre un hibou unijambiste empaillé ! s'égosilla Hildegard.

Phinéas sentait que la revanche allait enfin avoir lieu et il avait très hâte de voir sa grand-mère en action !

Quelques minutes plus tard, Candice les rejoignit en patins, ouvrant de grands yeux à la vue de sa grand-mère et de cette autre femme qui s'insultaient sans retenue. Tout à coup, Jérémy vint s'immobiliser derrière Candice. Pendant tout ce temps, il avait patiné seul dans une autre partie du parc.

– Bonjour, Jérémy! dit Candice en se retournant et en le regardant comme s'il s'agissait d'un rêve. Comme c'est romantique de penser qu'on était presque en train de patiner ensemble, pensait-elle. Ou, plus exactement, de se tenir debout sur nos patins, côte à côte comme ceci. C'était déjà un progrès!

– Dis-moi, Candice, pourquoi grand-maman est-elle en train d'injurier ta grand-mère de cette manière? demanda Jérémy, en fronçant les sourcils.

Candice émergea brusquement de son rêve, où elle se voyait en train de patiner main dans la main en direction du soleil couchant en compagnie de Jérémy.

– C'est ta grand-mère?! s'écria-t-elle de surprise,

en pointant du doigt cette femme menaçante qui fonçait maintenant vers eux.

– Allez, Jérémy ! Toi et ta sœur, vous êtes dans mon équipe ! cria Hildegard. Suzy ! hurla-t-elle.

Jérémy suivit respectueusement sa grand-maman, pendant qu'une jolie petite fille aux yeux bleu clair et aux frisettes blondes dévalait la pente en patins.

– Oui, grand-maman ? demanda Suzy innocemment, avec de grands yeux interrogateurs.

– Moi, toi et Jérémy, nous sommes une équipe, est-ce clair ? dit Hildegard d'un ton bourru.

Suzy sourit gentiment et battit des cils. Elle était prête pour le défi !

Pendant ce temps, grand-maman Betty Jo était occupée à former sa propre équipe en prévision de la revanche qui s'annonçait.

– Alors, j'ai besoin de deux d'entre vous pour mon équipe, d'accord ? dit-elle.

—Mais... bégaya Candice. Il n'était pas question qu'elle se laisse entraîner là-dedans, surtout si Jérémy faisait partie de l'équipe adverse.

—Tu peux demander à Phinéas et à Ferb, grand-maman, je ne suis pas...

—Mais, ce ne serait pas juste, Candice, susurra Suzy de sa voix la plus douce. Notre équipe comprend deux filles et un garçon, alors tu dois faire partie de l'équipe de ta grand-mère pour que ce soit équitable. S'il y avait deux garçons et une fille contre deux filles et un garçon, ça ne fonctionnerait pas ! dit Suzy en lui adressant son sourire le plus angélique.

Candice plissa les yeux en fixant la petite sœur de Jérémy. Elle savait pertinemment qu'il s'agissait d'une comédie. Suzy avait tou-

jours eu cette attitude protectrice vis-à-vis Jérémy et elle s'efforçait toujours d'éloigner Candice.

Phinéas pointa sa sœur du doigt.

– Alors, c'est entendu. Toi, Ferb et grand-maman vous ferez une excellente équipe ! lança-t-il avec enthousiasme.

– Mais… protesta Candice. Le patin, ce n'était vraiment pas son truc ! Comment pouvait-elle espérer faire sensation en patins devant Jérémy quand elle arrivait à peine à tenir debout sur ses patins ?

– Bon, alors j'imagine que c'est entendu. Voilà ce qu'il faut faire pour nos grands-mères, n'est-ce pas Candice ? dit Jérémy en souriant.

– Ouais… répondit Candice, en décochant un regard dans sa direction. Embarrassée, elle pouffa de rire. D'accord, dit-elle. Puis, elle sentit que quelqu'un lui donnait une vigoureuse poussée dans le dos. Elle fit volte-face et, regardant plus bas, elle

aperçut la petite sœur de Jérémy qui la regardait avec un sourire espiègle.

– Psitt ! siffla doucement Suzy. On se voit sur la piste, ma vieille ! Et elle s'éloigna, en zigzaguant habilement pour bien montrer à Candice qui était vraiment la patronne.

– Oui, génial, dit Candice en soupirant. Mais, soudain, elle eut une idée. Hé ! Attendez ! dit-elle à l'intention du reste du groupe, soudain toute excitée. Mais, il n'y a aucun endroit où on puisse disputer un derby, rappelez-vous ? En effet, la vieille piste de derby avait été démontée et transformée en salon de tatouage ! Victoire ! pensa Candice. Après tout, elle n'aurait pas à montrer ses talents de patineuse.

– Laisse-nous régler la question de la piste, dit Phinéas, l'œil coquin. Lui et Ferb étaient en train d'échafauder un plan. Comme toujours !

Les épaules de Candice s'affaissèrent. Elle se demanda comment elle allait pouvoir s'en sortir ? Tout cela allait très mal se terminer ?

Chapitre 3

Pendant ce temps, Perry, l'ornithorynque, aussi connu sous le nom d'agent P, n'était pas resté à la maison à rien faire. Il s'était lui-même emballé dans une boîte prête à être expédiée, avait affranchi correctement l'envoi pour la poste et tout, afin qu'on l'expédie à son quartier général secret situé sous la maison de Phinéas et de Ferb. Parce que Perry n'était pas qu'un simple animal de compagnie. Il était

aussi l'un des meilleurs agents secrets. Sa mission consistait à veiller à ce que le machiavélique docteur Doofenshmirtz ne réussisse jamais à dominer le secteur des Trois-États. C'était un boulot exigeant, mais il fallait bien que quelqu'un s'en charge.

Perry se laissa descendre par la chute à courrier et se retrouva sur son fauteuil de bureau. Il surgit de sa boîte et jeta un coup d'œil à son repaire qui se déployait maintenant tout autour de lui, des installations pourvues de toute la haute technologie nécessaire. Il n'avait plus qu'à attendre les ordres de son supérieur, le major Monogram.

Tout à coup, le visage du major Monogram apparut au-dessus du bureau de Perry, diffusé

par satellite sur l'écran géant.

–Hum, une entrée réussie, agent P, dit-il. Mais vous savez sans doute qu'il y a un ascenseur un peu plus loin, n'est-ce pas?

Perry jeta un coup d'œil en direction de l'ascenseur et revint à l'écran. Il était parfaitement au courant qu'il y avait un ascenseur à cet endroit, mais il préférait voyager incognito. Après tout, il était un espion de haut rang, non?

–D'accord, continua le major Monogram. Revenons à nos affaires. Le docteur Doofen-shmirtz est en train de préparer quelque chose. Je veux que vous jetiez un coup d'œil là-dessus et que vous y mettiez un terme.

Perry hocha la tête. Il savait que le machiavé-lique docteur avait un lourd passé. Et seul Perry pouvait l'arrêter. L'agent P fit un salut à l'intention de son patron et se mit aussitôt au travail.

Quelques minutes plus tard, l'agent P se glissait dans le quartier général officiel du maléfique

docteur Doofenshmirtz, à l'autre bout de la ville. Il escalada un mur de l'immense bâtiment et, après un savant rétablissement, il se retrouva sur l'appui de la fenêtre où il pouvait jeter un coup d'œil à l'intérieur. Le docteur Doofenshmirtz regardait par une fenêtre voisine. Perry pénétra dans la pièce, atterrissant délicatement sur ses pieds palmés. Il adopta une posture de karaté et attendit en silence que son ennemi interrompe sa contemplation du paysage de l'autre côté de la pièce.

– Pourrais-tu cesser de faire du bruit, Perry l'ornithorynque ? dit le docteur Doofenshmirtz. J'ai atrocement mal à la tête. Il pivota et ne semblait pas du tout surpris de voir Perry.

– Peux-tu attendre quelques minutes ? Je suis à toi tout de suite.

Le diabolique docteur fit quelques pas et appuya sur un bouton jaune fixé au mur. Brusquement, une cage en métal tomba du plafond et s'abattit sur Perry. Avant que l'agent P puisse réagir, la cage emprisonna l'ornithorynque avec un bruit sourd. Le savant releva la tête.

– Oh, il faut vraiment que je trouve une cage moins bruyante ! dit-il en soupirant.

Perry secoua violemment les barreaux de la cage. Mais il était bel et bien prisonnier. Cette situation n'avait certainement rien de confor-

table pour un agent secret !

Le docteur Doofenshmirtz entreprit de déplacer la cage où se trouvait Perry. Tout en parlant, le docteur soufflait et haletait.

– Maintenant que tu es prisonnier, je vais te confier mon plan diabolique ! Je suis très malheureux parce que je n'ai jamais eu de poils sur le visage. Tout a commencé quand j'avais environ quinze ans… dit le savant. J'ai

tout essayé. Et c'est vrai-
ment quelque chose qui
demeure douloureux pour
moi encore aujourd'hui.

Finalement, il réussit à
installer la cage de Perry
contre la fenêtre. Il s'épongea les sourcils et,
respirant bruyamment, il pointa l'extérieur du
doigt.

– As-tu vu la statue qu'ils ont érigée juste à
côté de chez moi? Rutheford B. Hayes, notre
dix-neuvième président! Mais c'est aussi le
président qui a le plus de poils sur le visage!
dit rageusement le docteur Doofenshmirtz en
regardant par la fenêtre.

À travers les barreaux de sa cage, Perry jeta
un coup d'œil dans la cour gazonnée au-
dessous. Au milieu de la place se trouvait la
statue d'un homme portant une barbe et une
moustache extrêmement fournies. Vraiment,
il avait beaucoup de poils!

– Rien ne peut concurrencer les barbes du
XIXe siècle, Perry l'ornithorynque, dit le docteur.

Quoi qu'il en soit, cette horrible statue doit absolument être détruite, puisqu'il s'agit d'un rappel constant de l'échec total de mon système pileux, vociféra le machiavélique docteur, en serrant les poings.

L'agent P décocha un regard plein de défi à son ennemi. Comment allait-il réussir à s'évader et à sauver la statue d'une destruction certaine ?

Candice et Stacy étaient retournées à la maison de Candice. Celle-ci était très inquiète au sujet du derby.

– Je ne peux pas prendre part à cette course ! s'écria Candice. Il semblait certain, absolument certain, qu'elle ne pouvait pas prendre part à cette revanche. Et ce n'était pas seulement parce que ses prestations comme patineuse n'étaient pas à la hauteur.

– Enfin, que se passera-t-il si nous gagnons ? Est-ce que Jérémy m'aimera encore ? demanda-t-elle, anxieuse.

– Tout ce que je sais avec certitude, c'est que les garçons détestent être battus par les filles,

déclara fermement Stacy.

Candice fronça les sourcils. Qu'est-ce qu'une pauvre fille pouvait faire face à une telle situation ?

Tout à coup, la tête de grand-papa surgit au-dessus de la clôture de la cour.

–Ah, vous voilà ! dit-il à Candice. Sais-tu où ton père range son pistolet à colle ?

–Son pistolet à colle ? Qu'est-ce qu'ils fabriquent ? se demanda Candice à voix haute. Plus tard, Stacy… dit-elle, plus tard, et elle s'élança en direction de son grand-père. Quel que soit leur plan, Candice était convaincue qu'il fallait absolument qu'elle s'en mêle. Elle ne laisserait pas Phinéas s'en tirer, pas cette fois encore !

Candice trouva Phinéas, Ferb et son grand-père ensemble dans la cour.

–J'en étais certaine ! s'exclama-t-elle, en regardant autour d'elle. Ils avaient construit, directement sur la pelouse, une gigantesque piste, un véritable stade, en fait, afin d'accueillir le derby. Et, au-dessus de l'entrée, une immense bannière était suspendue où on pou-

vait lire : LE DERBY DE LA REVANCHE !

– Je savais que vous maniganciez quelque chose ! cria Candice. Elle jeta un regard mauvais en direction de Phinéas et ouvrit aussitôt son téléphone cellulaire. Attends un peu que maman apprenne ça !

Juste à ce moment, sa grand-mère surgit en patins dans la cour. Du nerf ! cria-t-elle en tendant un casque à Candice. Elle lui passa ensuite des patins.

– Serre-les bien, ma chérie. Nous avons un compte à régler. Gagner ! Gagner ! Gagner ! entonna-t-elle. Puis, mettant un patin à roulettes dans sa bouche, elle le secoua de gauche à droite, comme le ferait une lionne avec ses petits.

Ouais ! lança Phinéas. Ça allait être toute une revanche !

Chapitre 4

On était à quelques minutes du début de la grande revanche du derby. Grand-maman Betty Jo se trouvait dans le vestiaire que Phinéas, Ferb et grand-papa Clyde avaient construit. Elle donnait ses derniers conseils à Candice et à Ferb et s'efforçait de stimuler son équipe avant le début du derby.

–Et, dans le dernier tour, nous utiliserons la technique du fouet pour propulser le patineur le plus lent – sans vouloir te blesser, ma chérie, je crois bien que c'est toi, dit-elle, en désignant

Candice – au-delà de la ligne d'arrivée pour remporter la victoire !

Grand-maman Betty Jo lança les poings dans les airs. Elle n'en pouvait plus d'attendre. Vivement, que commence la course !

Les paroles de Stacy résonnaient encore aux oreilles de Candice : « Tout ce que je sais, c'est que les garçons détestent être battus par les filles... » Candice était ultra nerveuse. Que se passerait-il s'ils gagnaient ? Elle pouvait imaginer la scène : Candice, le trophée du derby dans les mains, la foule en délire... Et Jérémy en train de consoler sa grand-maman. Il ne lui adresserait jamais plus la parole. On courait droit au désastre, c'était certain.

– Et, n'oublie pas, ma chérie, dit grand-

maman Betty Jo en sortant du vestiaire pour se rendre sur la piste, pas de pitié !

–Que faire, gémissait Candice en prenant place sur le banc afin de réfléchir seule un moment. Je ne peux pas battre la grand-mère de Jérémy, mais, impossible de laisser ma grand-mère perdre. C'était sans issue !

Pendant que Candice s'in-quiétait dans le vestiaire, Suzy entra. Candice était tellement absorbée qu'elle ne la vit pas. Avec un sourire sinistre, Suzy escamota subreptice-ment les patins de Candice et  les remplaça par une autre paire; puis, elle se glissa hors de la pièce. Candice tendit la main vers ses patins au moment même où, à l'exté-rieur, l'annonceur se faisait entendre par les haut-parleurs.

–À tous les patineurs, à vos marques !

–Oh, génial, murmura Candice. Lentement, elle chaussa ses patins. On ne sait jamais, je vais peut-être avoir la chance d'être heurtée

par un autobus, pensa-t-elle.

À l'extérieur du vestiaire, Phinéas s'était emparé du micro et assumait le rôle de l'annonceur. Dans la salle de presse située au-dessus de la piste, il s'adressait justement à la foule.

– Bonjour à tous, lança-t-il. Et bienvenue à l'événement principal de la journée : la course revanche du siècle « Tout est permis » opposant grand-maman Betty Jo et grand-maman Hildegard. Ici Phinéas Flynn, je serai votre annonceur pour la course d'aujourd'hui, et je serai accompagné de grand-papa Clyde. Phinéas se tourna et tendit le micro à son grand-père.

– Jaune ! Vert ! Bleu ! s'exclama grand-papa Clyde dans le micro.

– Superbes couleurs, grand-papa, dit Phinéas d'un ton approbateur.

– Et, maintenant… tonnait la voix de Phinéas dans les haut-parleurs. Laissons rouler le…

derby ! En place pour le départ !

C'était le délire dans la foule. Phinéas sourit pour lui-même. Le spectacle commençait.

Sur la piste, tous les patineurs étaient alignés à la ligne de départ, enfin, presque tous les patineurs. Après quelques hésitations, Candice avait enfin réussi à s'immobiliser à côté de ses coéquipiers avant de… tomber. Ooh ! Elle regarda le sol avec appréhension. Nul doute qu'elle aurait préféré aller magasiner aujourd'hui !

Hildegard et son équipe se mirent en position de départ. Elle s'approcha de Jérémy et de Suzy.

– N'oubliez pas, les enfants, dit-elle d'un air sérieux. Un mot : Gagner ! Gagner ! Gagner !

– Allez, viens, ma chérie ! dit grand-maman Betty Jo à Candice, toujours allongée sur la piste, face contre terre. On a quelques derrières à botter !

Dans la salle de presse, grand-papa Clyde appuya sur la gâchette du pistolet de départ. La course était lancée !

Candice se mit debout sur ses patins juste à temps et les patineurs commencèrent à accélérer sur la piste.

– Les voilà partis ! cria Phinéas.

Grand-maman Betty Jo et Hildegard, penchées vers l'avant, prirent de la vitesse malgré le vent qui soufflait dans leur direction. Ferb maintenait une bonne vitesse et se tenait dans la foulée de Suzy, qui s'efforçait de le faire tomber. Candice et Jérémy patinaient à l'arrière. Les grands-mères duellistes se détachèrent rapidement du groupe qui, bientôt, ne pouvait plus que tenter de se maintenir dans leur sillage. Patinant loin devant, elles étaient seules sur la piste. C'était à n'en pas douter une course revanche !

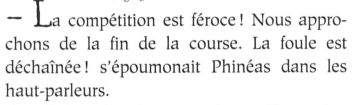

Chapitre 5

— La compétition est féroce! Nous approchons de la fin de la course. La foule est déchaînée! s'époumonait Phinéas dans les haut-parleurs.

Candice, elle, manquait de souffle. Enfin, jusqu'à ce que sa grand-mère vienne se placer derrière elle et lui prenne la main.

—Allez, Candice! C'est le moment d'essayer la technique du fouet! Elle se préparait à exécuter le célèbre mouvement fétiche de son équipe.

Grand-maman Betty Jo tenait la main de Ferb d'un côté et celle de Candice, de l'autre.

Ils accéléraient avant d'atteindre la dernière courbe, se préparant à propulser Candice. Mais Hildegard entendait bien se battre jusqu'au bout. Elle et son équipe, en position propice au déclenchement de la figure baptisée le « claquement du fouet », fonçaient en direction de la même courbe. Qui allait réussir à exécuter le mouvement en premier ? Candice franchit le coin et fut catapultée à pleine vitesse. Elle était en première place !

– Attrape-la, Jérémy ! cria Suzy.

– Candice et Jérémy sont maintenant nez à nez et ils dévalent la ligne droite ! s'égosillait Phinéas. Candice jeta un coup d'œil et vit que Jérémy patinait aussi vite qu'elle. Oh, oh, pensa Candice. Que se passera-t-il s'il perd à cause de moi ?

Mais c'était sans compter Suzy, qui était juste derrière eux. Il fallait qu'elle prenne les choses en main.

– Je ne pense pas, murmura-t-elle en faisant apparaître une télécommande dans sa main.

Elle appuya sur le bouton rouge qui actionnait les patins de Candice, ceux qu'elle avait mis à la place de ceux de Candice dans le vestiaire un peu plus tôt. Brusquement, deux minuscules moteurs de fusée se déclenchèrent sur le côté de chacun des patins de Candice. ZOOM! Après une violente explosion, Candice fut projetée vers l'arrière, catapultée en direction des gradins et les moteurs fixés à ses patins la propulsèrent au beau milieu des spectateurs.

Candice s'efforça de ne pas paniquer. Elle se releva, remonta en vitesse les marches des gradins. Prenant appui sur les dossiers des sièges, elle bondissait et tournoyait dans les airs. La foule retenait sa respiration. Quelques secondes plus tard, Candice atterrit enfin – elle pouvait à peine le croire – en plein sur la piste, à quelques foulées de Jérémy!

–Attendez, Candice et Jérémy sont de nouveau dans la course, mais… ils patinent dans
la mauvaise direction ! s'exclama Phinéas.

Et c'était la pure vérité – Candice était
revenue sur la piste, mais dans le mauvais
sens – et elle ne se possédait plus !

Candice et Jérémy foncèrent sur Suzy à
pleine vitesse, puis sur Ferb. Et maintenant, ils
patinaient tous dans la direction opposée à la
ligne d'arrivée – et en direction de leurs grands-
mères ! Au moment même où les enfants se
préparaient à entrer en collision avec elles, les
deux grands-mères s'envolèrent littéralement
et sautèrent par-dessus les enfants.

Grand-maman Betty Jo atterrit la première,
puis grand-maman Hildegard se posa sur les
épaules de l'autre grand-mère. Mais Hildegard

s'efforçait de rester agrippée à sa rivale et ignorait qu'elle lui cachait la vue.

– Descend de là ! Je ne vois rien ! criait grand-maman Betty Jo, tandis que les deux grands-mères luttaient, fonçant toujours vers la ligne d'arrivée.

– C'est grand-maman Betty ! C'est Hildegard ! C'est Betty ! C'est Hildegard ! hurlait Phinéas, s'efforçant de suivre la course. C'était certainement la finale de derby la plus serrée qu'il ait jamais vue !

C'est alors que, en un éclair, les deux grands-mères duellistes franchirent la ligne d'arrivée. La foule, incertaine du résultat, gardait le silence. Elle ne savait pas qui avait remporté la course !

Phinéas, lui, avait bien suivi la course. Elles sont arrivées à égalité! cria-t-il. La foule se déchaîna.

Grand-papa Clyde s'éveilla de son petit roupillon juste à temps pour entendre l'annonce de Phinéas.

–Oh oh, Betty Jo ne va pas apprécier, dit-il d'un air soucieux.

Sur la piste, les grands-mères avaient toujours un compte à régler.

–Au moins, j'ai gagné cette course! déclara grand-maman Betty Jo.

–Tu as gagné? Mais tu es folle, répliqua Hildegard. Elle était toujours juchée sur les épaules de Betty Jo.

–Mais c'est moi qui ai franchi la ligne d'arrivée la première, ça ne fait aucun doute.

–C'est faux ! Et descend de là ! Grand-maman Betty Jo secoua vivement les épaules et Hildegard s'écrasa par terre avec un bruit mat.

Candice patina joyeusement vers sa grand-mère.

–Hé, grand-maman, c'était vraiment amusant ! s'écria-t-elle. Je croyais que ce serait nul et que je détesterais ça, mais je me suis bien amusée ! Elle fit un gros câlin à sa grand-maman.

Grand-maman Betty Jo se retourna vers son ancienne rivale, toujours assise par terre à côté de Jérémy et de Suzy.

–Qu'en penses-tu, Hilda ? T'es-tu amusée ? demanda-t-elle, en lui adressant un petit sourire.

–Oui, je me suis bien amusée, admit Hildegard. Peut-être que ce n'est pas si important de savoir qui a gagné, tant que nous avons eu du plaisir avec les enfants.

Grand-maman Betty Jo était d'accord.

–Ouais, peut-être que ce n'est pas tellement important. Elle fit une pause.

– Mais, juste pour que tout soit bien clair, c'est moi qui ai gagné !

Sous l'œil inquiet des enfants, les deux femmes se firent face à nouveau.

– Tu veux dire que, même si tu as perdu, ce qui compte c'est d'avoir du plaisir ! hurla Hildegard.

Grand-maman Betty Jo, le regard fixé sur Hildegard, plissa les yeux.

– La première arrivée à la statue de Rutheford B. Hayes ! la défia-t-elle. Partez ! Les grands-mères s'élancèrent une fois de plus en patins, laissant leurs petits-enfants loin derrière elles.

– C'est reparti, pensa Phinéas.

Aux quartiers généraux du savant maléfique, Perry était toujours prisonnier dans la cage.

Le docteur Doofenshmirtz éloigna celle-ci de la fenêtre.

– Alors, Perry l'ornithorynque, pour me débarrasser de cette horrible statue, j'ai inventé le... Le machiavélique docteur s'interrompit au milieu de sa phrase et poussa un grognement, épuisé par l'effort exigé par le déplacement de la cage.

– Ouf ! Perry l'ornithorynque, c'est trop lourd. Pourrais-tu sortir quelques minutes ? demanda-t-il. Il déverrouilla la porte de la cage métallique où était Perry, et l'ornithorynque en émergea. Facile ! pensa Perry.

Le docteur Doofenshmirtz conduisit l'agent P de l'autre côté de la pièce pour lui présenter sa dernière invention.

– J'ai inventé le pain-ificateur ! annonça le savant. Impatient de connaître l'avis de Perry, il se frottait les mains. Puis, il indiqua le panneau de commande sur lequel était dessinée une grosse miche de pain. Perry put voir que, au-dessus du panneau de commande, se trouvait aussi une immense cage, remplie d'oiseaux

noirs et blancs. Et, superposés à tous ces appareils, était installé un énorme canon à rayon, pointé vers la fenêtre.

– Qu'est-ce que le docteur a encore imaginé cette fois ? se demanda l'agent P.

– Non seulement cette machine émettra un rayon qui transformera M. le président en pain de grains entiers, mais elle libérera une volée de pies bavardes affamées qui dévoreront la statue en pain ! Le maléfique docteur partit d'un rire diabolique. Parti le pain ! entonna-t-il en psalmodiant gaiement. Parti !

Les idées se bousculaient déjà dans la tête de Perry. Il savait qu'il fallait absolument qu'il mette en échec les projets du savant machiavélique !

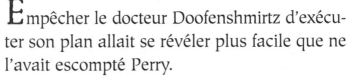

Chapitre 6

Empêcher le docteur Doofenshmirtz d'exécuter son plan allait se révéler plus facile que ne l'avait escompté Perry.

– Perry l'ornithorynque, j'ai horriblement mal à la tête. On aurait dit que le diabolique docteur avait déjà perdu la partie, et il semblait vraiment mal en point.

– De toute manière, tout ça c'est inutile. Dès que je vais actionner le rayon, tu vas le désactiver, réduisant ainsi mes plans à néant.

Immobile, l'agent P gardait le silence.

– Alors, finissons-en, d'accord ? poursuivit le docteur. Il s'avança en direction du panneau de commande et souleva un grand levier rouge.

– Activation du rayon ! claironna-t-il.

Le canon à rayon émit un fort vrombissement et un puissant rayon rouge feu fut projeté à travers la fenêtre. Mais, alors qu'il se dirigeait irrémédiablement vers la statue, deux ouvriers traversaient justement la place en portant une grande feuille de verre. Juste au moment où le rayon allait atteindre la statue et la détruire, il frappa la surface de verre et fut dévié en direction opposée.

Cette fois encore, l'agent P sut qu'il devait agir rapidement. Il traversa la pièce et remit rapidement le levier à la position ARRÊT.

–Désactivation du rayon ! Bien, dit le docteur Doofenshmirtz. Il était trop distrait pour remarquer que la cage au-dessus d'eux était déjà ouverte et, en moins d'une seconde, la pièce fut envahie par les pies bavardes volant en tous sens autour d'eux ! Libérées de leur cage, elles foncèrent aussitôt vers la fenêtre.

–Je crois que je vais aller m'étendre un peu, dit le docteur en quittant la pièce en se traînant les pieds. Je te promets que je serai plus machiavélique la prochaine fois. D'accord ?

Mais le travail de l'agent P était loin d'être terminé. Il fallait absolument que quelqu'un empêche le rayon fou et le vol des pies bavardes de causer des dégâts. Il sauta sur le rebord de la fenêtre, agrippa fermement la corde qu'il avait utilisée pour escalader le bâtiment un peu plus tôt et bondit dans le feu de l'action.

Sur la piste du derby, la course revanche était maintenant terminée, les partisans avaient quitté les lieux et les choses reprenaient leur cours normal. Au bord de la piste, Candice avait encore une chose à régler.

– D'accord, d'accord, dit-elle à Phinéas et à Ferb. On s'est bien amusé. Mais maman n'en croira pas ses yeux quand elle va voir ça, dit-elle en montrant la piste derrière eux. Cette fois, Phinéas et Ferb ne pourraient certainement pas s'en tirer !

Soudain, les enfants entendirent se refermer une porte de voiture.

– Oh, voilà justement leur voiture ! dit Candice, excitée. Vous êtes teeellement fichus, les gars ! Elle patina en direction de ses parents pour les accueillir, laissant Phinéas et Ferb seuls dans la cour à l'arrière de la maison.

Anxieux, Phinéas et Ferb se regardèrent. Leurs parents n'allaient certainement pas être contents ! Phinéas était justement en train de se creuser les méninges à la recherche d'une

solution quand, soudain, un rayon laser rose traversa le ciel et vint frapper de plein fouet le rebord de la piste de derby. La piste prit une curieuse teinte rose vif et se mit à briller. Puis, brusquement, elle se métamorphosa en une gigantesque miche de pain ! Phinéas et Ferb se regardèrent en haussant les épaules. Ils n'avaient aucune idée de ce qui venait de se passer.

Quelques instants plus tard, Candice, toujours en patins, sortit de la maison, s'efforçant de garder l'équilibre.

– Maman ! Viens, viens vite ! Les garçons ont construit une piste de derby géante dans la cour ! dit-elle en jubilant à l'intention de sa mère derrière elle. Mais elle s'immobilisa aussitôt.

– Qu'est-ce que… une miche de pain géante ? dit-elle, n'en croyant pas ses yeux. Elle jeta un regard accusateur à Phinéas.

– Je n'y comprends rien, dit Phinéas à sa
sœur. Il était tout aussi surpris
qu'elle.

– Maman! Maman! Les gar-
çons ont construit une miche
géante dans la cour! cria
Candice, en se précipitant à
l'intérieur de la maison.

– Quoi? s'exclama Mme Flynn,
à l'intérieur de la maison. Je croyais t'avoir
entendu parler d'une piste de derby.

Mais dès que Candice fut à l'intérieur, tout
devint encore plus fou dehors! Phinéas et Ferb
virent une énorme volée d'oiseaux s'abattre
brusquement sur la miche et commencer à
la dévorer! Comment auraient-ils pu deviner
que l'invention du docteur Doofenshmirtz
pourrait faire en sorte qu'une miche de pain
géante atterrisse dans leur cour.

Ils ignoraient également que c'était Perry
l'ornithorynque qui avait chassé les nuées
d'oiseaux en direction de leur cour, pour qu'ils

51

puissent profiter d'un mégarepas. Le métier d'agent secret est parfois exigeant, mais il fallait bien que quelqu'un s'en charge !

–Viens, criait Candice, en tirant sa mère et son père par la manche jusque dans la cour. Regardez ? dit-elle en gesticulant.

–Candice, de quoi parles-tu ? demanda sa mère, en regardant sa fille d'un air inquiet.

Candice jeta un coup d'œil à la cour maintenant entièrement vide.

–P... pa... pain, bégaya-t-elle. Quelques secondes seulement auparavant, il y avait bien une gigantesque miche de pain, elle en était absolument certaine ! Elle tapa rageusement du pied. Phinéas s'en tirait toujours, c'était totalement injuste !

–Je pense qu'elle a perdu la boule, les garçons, plaisanta Mme Flynn. Monsieur Fletcher sourit.

–Hé, papa, comment s'est déroulé ton discours ? demanda Phinéas.

–Hé bien, je dois dire que c'était assez merveilleux et même «débordant» d'enthousiasme dans la salle. Et leur père se mit à rire de son bon mot.

Tout à coup, Phinéas aperçut une télécommande munie d'un seul bouton rouge par terre entre lui et Ferb.

–Hé, je me demande à quoi ça peut bien servir? se demanda-t-il à voix haute. Il la ramassa et appuya sur le bouton rouge.

–Woua! Candice allait prendre la parole quand les moteurs de fusée fixés à ses patins se mirent à rugir. Elle fut propulsée vers l'arrière à une allure folle.

–Ahhh! hurla-t-elle.

Tout à coup, Jérémy entra dans la cour.

–Hé, les amis! Candice est-elle ici? demanda-t-il.

Candice fut catapultée vers Jérémy. Tous appréhendaient la mégacollision. Mais Jérémy

réagit juste à temps et Candice atterrit dans ses bras.

–Bons réflexes, Jérémy, dit Ferb. Phinéas, quant à lui, ne pouvait qu'approuver.

Candice leva les yeux vers Jérémy.

–Exactement, dit-elle d'un air rêveur.

Et c'est ainsi que prit fin, pour Phinéas et Ferb, une autre journée des grandes vacances.

Phinéas sourit intérieurement. Finalement, la journée s'était déroulée à merveille.

Deuxième partie

Chapitre 1

– Et c'est ainsi, mesdames et messieurs, que j'ai vaincu les Tigres sauvages de l'Amazone, dit Reg, le grand-père de Ferb, en s'appuyant contre le dossier de sa chaise, les mains derrière la tête.

C'était une autre matinée d'été ensoleillée pour Phinéas Flynn et Ferb Fletcher. Par contre, c'était aussi une journée un peu spéciale, parce que le grand-papa et la grand-maman Fletcher de Ferb étaient arrivés d'Angleterre pour une petite visite. Phinéas, Ferb et le reste

de la famille étaient réunis autour de la table et écoutaient les histoires extravagantes de grand-papa. Et il en connaissait des tas !

– Une histoire incroyable ! s'exclama Phinéas. Il adorait écouter les folles aventures de

grand-papa Reg qui semblaient inépuisables. Si seulement cela pouvait lui arriver à lui !

– Hé bien, je suis certain que vous allez pouvoir entendre beaucoup d'autres histoires fantastiques durant le séjour de grand-papa et de grand-maman, dit M. Fletcher, en souriant aux enfants.

– Justement, je pensais que nous pourrions tous aller au centre commercial, suggéra

Mme Flynn, la maman de Phinéas, changeant de sujet.

– Quelle bonne idée, acquiesça grand-maman Winnie. Je serais très heureuse d'avoir l'occasion d'offrir quelques nouveaux vêtements à Candice, dit-elle, en faisant un clin d'œil à Candice.

Candice Flynn, la sœur de Phinéas et de Ferb, applaudit avec enthousiasme à cette idée et se précipita vers la voiture. Elle n'allait pas manquer cette chance d'aller magasiner et, avec la perspective que ce soit sa grand-mère Winnie qui régale, elle avait peut-être une chance de se procurer cet ensemble qu'elle ne cessait d'admirer !

– Hé, maman, ne pourrions-nous pas rester à la maison et écouter d'autres histoires sensationnelles de grand-papa ? demanda Phinéas. Lui et Ferb préféraient laisser le magasinage à Candice. De plus, c'était les vacances d'été, et ils ne voulaient certainement pas les passer dans un centre commercial bondé !

– Ça me semble plein de bon sens, répondit M. Flynn.

Le reste de la famille se dirigea donc vers la voiture, tandis que Phinéas et Ferb attendaient que leur grand-père leur raconte une autre aventure étourdissante.

Grand-papa Reg regarda en direction de Ferb.

– Dis-moi, mon garçon! s'exclama-t-il, qu'est-ce que tu as là derrière l'oreille? Il tendit la main vers l'arrière de l'oreille de Ferb et en retira un épais livre brun foncé. Voici mon album de découpures, dit-il. Et, avec un bruit sourd, il déposa le lourd album sur la table.

Phinéas jeta un regard soupçonneux à son grand-père.

– Comment as-tu fait ça? demanda-t-il.

Son grand-père sourit.

– J'ai peut-être l'air d'un vieil abruti aujourd'hui, mais il n'y a pas si longtemps, j'aimais bien rigoler, et j'ai certainement bon nombre de prouesses à mon actif, dit-il avec un accent français. Il se flanqua une bonne tape sur la cuisse et, en riant, il s'enfonça dans son fauteuil.

– Peux-tu traduire pour moi ? murmura Phinéas à l'intention de Ferb.

– Quand il était jeune, il a fait plein de trucs, répliqua Ferb fort à propos. Ferb ne parlait pas beaucoup, mais il semblait toujours savoir exactement ce qui se passait.

Grand-papa Reg ouvrit son album de découpures et tourna les pages jusqu'à celle où figurait une grande photo en noir et blanc.

– Voici une photo de moi quand j'étais jeune. Je gagnais ma vie en travaillant dans la friterie familiale dont le menu se composait principalement de poisson-frites. Il gloussa en y repensant. Mais mon destin était ailleurs, les enfants.

Il tourna la page et Phinéas et Ferb virent la photographie d'un jeune homme se tenant fièrement debout à côté d'une vieille motocyclette. L'homme portait un casque en cuir et une paire de lunettes épaisses.

– On m'appelait « Le Poissonnier volant »

déclara fièrement grand-papa Reg. Voici mon premier saut, exécuté au-dessus des membres du cercle de thé de ma chère maman !

Phinéas et Ferb regardèrent la photographie de leur grand-papa planant au-dessus d'un groupe d'élégantes dames en train de prendre le thé. Sensationnel ! pensa Phinéas.

Grand-papa Reg leur montra quelques autres photos des sauts qu'il avait effectués en moto-cyclette, les décrivant à mesure que les enfants pouvaient les admirer dans l'album.

–Ici, un saut au-dessus d'une baleine. Ici, en vol plané au-dessus d'un groupe de jolies filles. La reine, ma mère. Puis, il s'interrompit.

–Mais il y a un saut qui me hante encore aujourd'hui : le saut au-dessus du gouffre du destin, les fameuses gorges McGregor, leur confia leur grand-père d'un air triste. Les spectateurs sont venus par milliers pour me voir, moi et ma fidèle moto-cyclette, baptisée Le Maquereau sacré, exécuter le saut le plus périlleux jamais réalisé. Il indi-qua une photographie où on le

voyait en train de sourire et d'agiter la main en direction du public tout en réchauffant le moteur de la motocyclette à la ligne de départ.

Grand-papa Reg expliqua que, juste comme la fanfare commençait à jouer, d'énormes nuages gris avaient envahi le ciel et il s'était aussitôt mis à pleuvoir. La piste était devenue trop glissante pour exécuter le saut prévu. Ils avaient donc été forcés de retarder l'exécution du saut de quelques semaines; mais, ce jour-là aussi, il avait plu.

Puis, j'ai fait une dernière tentative. Grand-papa Reg n'avait pas l'air très content en se rappelant sa troisième tentative. Tout ce que je pouvais voir devant moi, c'était cette fichue pluie encore une fois !

Grand-papa Reg referma l'album avec un bruit mat et continua à grommeler en se levant du canapé où il était assis en compagnie de ses petits-enfants. Puis, il commença à faire les cent pas dans la salle de séjour.

Phinéas le regarda quitter la pièce. Faire tous ces sauts à motocyclette, ça semble tellement

excitant, pensait-il. Mais ne pas avoir l'occasion de réussir le saut le plus important de sa carrière, voilà qui devait être plutôt décevant. Il comprenait parfaitement pourquoi son grand-père Reg avait l'air aussi découragé.

– Terrible ! Mais qu'est-il advenu du Maquereau sacré ? lui demanda Phinéas.

– Elle est toujours là, bien que ta grand-mère l'ait transformée en lampe, répondit son

grand-père Reg, en indiquant le coin de la salle de séjour. Phinéas jeta un coup d'œil. La lampe ressemblait à une motocyclette qui, en revanche,

avait passablement l'air d'un poisson.

Soudain, Phinéas eut une idée. Il allait faire la surprise à son grand-père Reg. Il pouvait reconstruire le gouffre du destin dans la cour et lui offrir une autre occasion d'exécuter son célèbre saut !

– Ferb, dit Phinéas, les yeux pétillants. Je sais ce que nous allons faire aujourd'hui !

Chapitre 2

Pendant ce temps, Candice était toute heureuse de pouvoir visiter toutes les boutiques du centre commercial avec ses parents et sa grand-mère Winnie. Rien ne pouvait lui faire plus plaisir que de faire du magasinage.

–Oh, grand-maman, tu vas adorer ce centre commercial! s'écria-t-elle. Je vais te montrer mon magasin préféré, et la petite robe que...

Candice s'interrompit brusquement. Elle avait une impression étrange. Et, en général, quand

elle avait cette impression bizarre, Phinéas y était pour quelque chose. Son frère complotait toujours quelque intrigue et il fallait constamment qu'elle l'ait à l'œil.

Sourcils froncés, elle sortit son téléphone cellulaire rose et utilisa la fonction de composition automatique pour appeler sa meilleure amie, Stacy Hirano.

– Stacy, j'ai la curieuse impression qu'on a touché au terrain de la cour. J'ai besoin que tu ailles y jeter un coup d'œil.

Candice ferma brusquement son téléphone. Maintenant que cette question était réglée, elle pouvait se concentrer sur ce qui importait vraiment : le magasinage !

À la maison, les soupçons de Candice s'avéraient fondés. Les aménagements allaient

bon train. Les bouldozeurs, les camions à benne et les ouvriers équipés de brouettes avaient envahi la cour. Et, bien installé au centre, Phinéas examinait une vieille photo.

– D'après cette photo du gouffre McGregor, tout se passe à merveille, indiqua Phinéas. Il était plutôt content d'avoir eu l'idée de recréer le saut en motocyclette de son grand-père, ici dans sa propre cour !

Soudain, Isabella Garcia, l'amie de Phinéas, fut à ses côtés. Elle avait vraiment le béguin pour Phinéas, mais lui n'avait jamais remarqué.

– Bonjour Phinéas, que fais-tu ? demanda-t-elle.

– Ah bonjour, Isabella ! répondit Phinéas. Nous avons décidé d'aider mon grand-père à réaliser son grand rêve.

– Où est Ferb ? demanda Isabella.

– Il est dans le garage en train de restaurer le Maquereau, répondit Phinéas.

– Super ! dit Isabella qui tenait un petit animal en peluche jaune. J'ai apporté ce joli petit jouet pour Perry. Au fait, il est où ?

Phinéas jeta un coup d'œil partout dans la cour, à la recherche de son ornithorynque.

– Hum, je ne sais pas, dit Phinéas. En y repensant bien, il n'avait pas vu Perry de toute la matinée…

Phinéas et Ferb ignoraient tout de la vie secrète de Perry. Quand il n'assumait pas son rôle d'animal de compagnie au sein de la famille, il était agent secret et mettait tout en œuvre pour faire échec à la domination du secteur des Trois-États par le maléfique docteur Doofenshmirtz.

Perry, l'agent P, lorsqu'il était en fonction, était dans son quartier général, la caverne de l'ornithorynque équipée de toute les technologies de pointe. Entouré de ses multiples ordi-

nateurs et bidules destinés à l'aider à se défendre contre les attaques à répétition du docteur Doofenshmirtz, Perry était assis à son bureau, attendant les ordres du commandant de son unité.

Soudain, Carl Karl, le stagiaire du major Monogram, apparut sur l'immense écran disposé au-dessus du bureau.

–Oh, ah! dit-il en riant nerveusement. Il semblait éprouver un certain inconfort à la pensée de figurer ainsi sur l'écran géant.

–Heu…, agent P, le major Monogram s'est démis le dos… commença-t-il.

Perry entendit la voix familière de son officier supérieur provenant également du moniteur. Mais il ne le voyait nulle part.

–Je suis par terre, agent P, dit le major Monogram.

–Ce sera donc moi qui vous assignerai votre tâche, d'accord? poursuivit Carl. Il mit la main dans la poche

de sa veste de laboratoire et en retira une fiche. Il s'éclaircit la voix et commença à lire : « Le docteur Doofenshmirtz a commencé à se procurer des articles suspects : des sacs de sable, un lacet d'une longueur supérieure à la normale... » Nous sommes convaincus qu'il n'a pas de bonnes intentions. Nous désirons que vous y jetiez un coup d'œil et que vous découvriez ce qu'il fabrique.

Des articles suspects, cela voulait certainement dire que le maléfique docteur complotait quelque chose... de machiavélique. Perry quitta précipitamment la pièce. Il fallait qu'il découvre ce qui se tramait !

À la surface, les choses commençaient à devenir intéressantes. Phinéas et Ferb étaient sur le point de dévoiler la surprise qu'ils préparaient dans la cour à l'intention de leur grand-père Reg.

– Pourquoi tout ce branle-bas, les enfants ? demanda grand-papa Reg, en se couvrant les yeux de ses mains afin de ne pas gâcher la surprise.

– Tu peux ouvrir les yeux, maintenant ! dit Phinéas, tout excité.

Il ouvrit lentement les yeux.

– Mince alors ! s'écria leur grand-père. Devant lui, s'étendait une immense tranchée creusée dans la cour de la maison et une réplique exacte de l'endroit où il avait prévu exécuter le saut qu'il n'avait jamais pu réussir.

À côté du gouffre, Ferb était appuyé sur un Maquereau sacré ultra-brillant, hyper-lustré et entièrement restauré. Grand-papa Reg fut ébloui. C'est le gouffre McGregor et le Maquereau sacré ! s'exclama-t-il. Ferb, tu me redonnes ma fierté et tu m'apportes une grande joie !

71

Phinéas et grand-papa Reg admiraient le fini lustré que Ferb avait appliqué sur toute la surface de la motocyclette. Mais grand-papa Reg jeta tristement un coup d'œil par terre.

– Mais, je ne peux pas conduire une motocyclette dans mon état... commença-t-il à dire.

Phinéas l'interrompit.

– Ce n'est pas un problème, Ferb a installé un maximum de dispositifs spéciaux : du support, des sièges rembourrés, des commandes ergonomiques. Il fit le tour de la motocyclette, soulignant chacune des caractéristiques destinées à aider grand-papa à réaliser le fameux saut.

–Et, regardez bien… Phinéas fit une pause pour obtenir l'attention de tout le monde. Des side-cars.

En compagnie de Ferb, il montra les deux side-cars, dont la teinte argentée scintillait; tout y était et ils se terminaient par… une queue de poisson ! Ils installèrent les side-cars de chaque côté de la motocyclette.

–Vois-tu, poursuivit Phinéas, nous voulons t'aider à réaliser ton rêve, mais nous souhaitons aussi vraiment participer au saut par-dessus le gouffre, convint-il.

Grand-papa Reg semblait heureux.

–Alors, vous allez venir avec moi. Et le Poissonnier volant sautera de nouveau ! lança-t-il, triomphant.

Chapitre 3

Au centre commercial, l'aventure de Candice dans les magasins commençait à tourner au vinaigre. Sans trop savoir comment cela s'était produit, sa grand-mère l'avait attirée chez Hail Britannia, le genre de vêtements convenant parfaitement aux grands-mères britanniques, mais pas du tout aux passionnées de dernière mode comme l'était Candice. Alors que Candice admirait un autre ensemble qu'elle venait d'enfiler, elle remit le chapeau en place et bougonna.

–Hum... pouvons-nous sortir d'ici au plus vite, avant que quelqu'un qui me connaît m'aperçoive...

Juste à ce moment, elle entendit une voix masculine qui provenait de l'entrée du magasin.

–Candice ? Je ne t'avais pas reconnue.

Non ! pensa Candice. Ce n'est pas possible. Elle n'arrivait pas à y croire. Elle allait mourir de honte, ici même, s'il s'agissait effectivement de Jérémy Johnson, le garçon dont elle était folle. Mais elle aurait reconnu sa voix n'importe où, et c'était bien lui, elle était certaine de ne pas se tromper !

–Jérémy, je hum... bégaya Candice, s'efforçant de paraître élégante dans son ensemble un peu collet monté. Elle se sentait rougir de plus en plus à chaque seconde qui passait.

Mais, heureusement pour Candice, Jérémy ne pouvait s'éterniser.

–Je dois aller retrouver ma mère à la foire alimentaire, on se verra un peu plus tard, dit Jérémy. Il lui fit un signe de la main et, une seconde plus tard, il avait déjà disparu de l'entrée du magasin.

Candice n'arrivait pas à croire ce qui venait de se passer. C'était un événement complètement, totalement, absolument humiliant. Pourquoi ces choses n'arrivent-elles toujours qu'à moi? se demanda-t-elle. Tout à coup, la sonnerie de son téléphone cellulaire retentit. Elle répondit sans attendre.

–Oh, bonjour Stacy… Candice écouta pendant un bref moment et esquissa un sourire espiègle. Elle savait que ses frères complotaient quelque chose!

–Maman, Stacy vient de m'apprendre que les garçons ont construit un immense gouffre dans la cour, cria-t-elle.

Sa mère roula les yeux et sourit. Candice n'arrêtait pas de lui rapporter les choses les plus incroyables au sujet de Phinéas et de Ferb.

–Je crois que ce chapeau-là est trop grand, dit-elle en riant à l'intention de son mari.

Phinéas savait très bien que, pour parvenir à recréer l'événement au cours duquel son grand-père Reg allait enfin réaliser son périlleux saut, il fallait qu'ils attirent une foule sur place. Il avait donc demandé à son ami Baljeet de répandre la nouvelle au sujet du Maquereau sacré et du saut au-dessus du gouffre McGregor. Baljeet était donc allé au centre-ville où il avait revêtu un costume de maquereau afin de faire de la publicité pour cet important événement.

– Venez voir le Poissonnier volant sauter au-dessus du gouffre McGregor ! Dites-le à tous vos amis ! criait Baljeet.

– Tu n'as aucune idée comme tu as l'air idiot ? dit en s'approchant Buford Von Stom, le petit dur du quartier.

– Je pensais, en fait, que ce serait une excellente façon d'obtenir un peu plus d'attention, répliqua Baljeet.

Ce fut justement le moment que choisit une

jolie fille pour les dépasser. Celle-ci ne manqua pas d'admirer le costume de Baljeet.

–J'adore ton costume. Il est super, gloussa-t-elle.

Buford était perplexe. Si un costume de maquereau pouvait faire en sorte que les filles le remarque, ça présentait un certain intérêt ! Il se dépêcha d'enfiler son propre costume de poisson.

–Le saut au-dessus du gouffre ! Venez ! cria-t-il sans attendre.

Candice, ses parents et grand-maman Winnie venaient de quitter le centre commercial et se dirigeaient vers leur voiture. En passant devant la boutique d'un réparateur d'appareils électroniques, Candice ne put s'empêcher d'entendre le reportage qui était diffusé sur un des écrans de la vitrine.

−Venez voir l'incroyable saut du Poissonnier volant au-dessus du gouffre, en direct! les exhortait l'animateur. Candice jeta un coup d'œil à l'écran, et la surprise la laissa sans voix, rivée à la vitrine. Impossible? Le reportage se déroulait dans sa propre cour!

−Mais, c'est notre cour! s'écria-t-elle. Maman, viens voir. Il faut absolument que tu voies ça!

−Un événement parrainé par la Pâte en crème pour les pores Gorge-de-pigeon, poursuivait l'annonceur. L'écran clignota et, comme Mme Flynn arrivait à la hauteur de sa fille, une image de crème pour la peau envahit toute la surface du moniteur.

−Oh, ma pauvre chérie, dit-elle en regardant le message publicitaire et en hochant la tête. Tes pores ne sont certainement pas si gros.

Candice émit un grognement. Il fallait absolument qu'elle retourne à la maison. Phinéas allait enfin se faire prendre, songea Candice. Super!

Dans une autre partie de la ville, l'agent P s'efforçait de garder l'incognito. Faire en sorte

que son identité secrète demeure... secrète était de la plus haute importance pour un espion de son calibre. Dans une allée située à l'arrière du quartier général du docteur Doofenshmirtz, l'ornithorynque émergea

d'une benne à rebuts. Il escalada un tas de boîtes et se blottit dans un coin derrière une plante. Il s'approcha enfin, à pas de loup, en longeant un mur, espérant atteindre la porte de derrière.

Juste au moment où Perry allait se glisser à l'intérieur, le docteur Doofenshmirtz ouvrit brusquement la porte et jeta un coup d'œil.

– Oh, bonjour, mais donne-toi la peine d'entrer, dit le docteur, l'air soucieux.

L'agent P haussa les épaules, il franchit la porte et se retrouva dans le sinistre laboratoire du savant machiavélique, rempli d'équipement scientifique de pointe et, tout à coup, les pieds palmés de Perry furent cloués au sol, celui-ci n'arrivait plus à faire un pas !

– Ouiii ! du papier tue-mouches, Perry l'ornithorynque ! s'exclama le maléfique docteur qui partit d'un rire diabolique. Perry fronça les sourcils et comprit qu'il était tombé dans un piège. Il semblait qu'il s'était à nouveau englué dans les problèmes !

Le docteur Doofenshmirtz avait enfin l'agent P à sa merci, comme il le désirait. Il commença à expliquer pourquoi il avait mis au point sa dernière invention.

– Une petite histoire ? demanda le docteur. Sans attendre la réponse de Perry, il poursuivit.

– À Drusselstein, quand j'étais jeune, il y avait un petit dur. Il se nommait Boris et il portait toujours des grosses bottes noires. On l'appelait « Boris le dur avec ses grosses bottes noires ». Le docteur Doofenshmirtz frissonna en se rappelant cette période de sa vie et continua. Quand nous jouions dans le bac à sable, il m'envoyait toujours du sable dans les yeux

avec son pied. Lors de mon premier rendez-vous avec une amie, pouf! un petit jet de sable. Si j'essayais d'équilibrer mon solde dans mon carnet de chèques, encore du sable! À la plage... Le docteur Doofenshmirtz fit une pause pendant une seconde. Tiens! Hum curieux, rien. Mais il m'était impossible de relaxer, jamais, parce que je devais toujours être sur mes gardes.

Le docteur Doofenshmirtz poursuivit.

–Maintenant, c'est lui qui sera forcé d'être toujours sur ses gardes, dit le savant d'une voix diabolique. Puis, s'emparant d'une télécommande, le doigt immobilisé au-dessus du gros bouton rouge, il hurla: Je vous présente le Qui-est-aveuglé-maintenant-par-le-sabl-inateur! Puis, il réfléchit à ce qu'il venait de dire. Ou, peut-être plutôt, le Maintenant-qui-est-ce-qui-pleur-inateur!

Le docteur Doofenshmirtz appuya sur un bouton et les murs de la pièce s'effondrèrent autour d'eux. Perry put alors voir une gigan-

tesque botte. Émergeant
de la botte géante, il pou-
vait voir un colossal dispo-
sitif ressemblant étrangement à une hélice au bout
de laquelle était suspendu un bac colossal.

– C'est une machine à lancer du sable géante,
s'exclama le docteur Doofenshmirtz. Puis, sans
plus attendre, le docteur et Perry se retrouvèrent
dans la cabine de pilotage.

L'agent P, toujours englué dans le papier
tue-mouches, serra les poings. Cette fois, le
machiavélique docteur n'allait pas s'en tirer !

– Vois-tu, Perry l'ornithorynque, dit le docteur
s'évertuant à faire démarrer le moteur de sa
machine, j'ai découvert que Boris habite
aujourd'hui le secteur des Trois-États. Avec ma
machine, je vais complètement recouvrir sa
maison de sable. Ah ! Ah ! Ah !

Brusquement, la dernière invention du docteur
se mit en marche et propulsa Perry et le docteur
Doofenshmirtz dans les airs ! Perry allait enfin
avoir l'occasion de se sortir du pétrin – sans
attendre !

83

Chapitre 4

Dans leur cour, Phinéas, Ferb et grand-papa Reg se tenaient tout en haut d'une immense rampe de lancement. La foule grossissante continuait de se rassembler pour assister à cet événement. La publicité, c'est payant! pensa Phinéas. Il s'empara du micro.

—Et maintenant, le clou de l'événement que vous êtes tous venus voir aujourd'hui... les Poissonniers volants! annonça Phinéas. La foule se déchaîna.

–Et, pour nous interpréter la chanson thème, voici Isabella et les filles de la brigade du feu! L'ensemble Les filles de la brigade du feu était constitué de membres de l'équipe de jeannettes d'Isabella.

–À vous, les filles! cria Phinéas.

Regroupées sur un belvédère, les filles commencèrent à jouer la chanson lente et mélancolique que son grand-père se souvenait très bien avoir entendue lors de ses précédentes tentatives. Mais dès qu'elles entamèrent la chanson, le ciel s'obscurcit et un formidable

coup de tonnerre retentit.
CRAC ! Aussitôt après, la pluie
se mit à tomber, trempant
immédiatement jusqu'aux os
tout le monde dans l'assistance.

Grand-papa Reg hocha la tête,
déçu. Après toutes ces années,
la pluie avait une fois de plus
réduit tous ses espoirs à néant.

—Hé bien, mon garçon, il me semble que, après
tout, je n'arriverai jamais à réaliser mon rêve,
confia-t-il à Ferb.

Phinéas était très perplexe. Une minute plus
tôt, il n'y avait pas un seul nuage dans le ciel...
Comment cela se pouvait-il ?

—Hé, les filles ! lança-t-il en s'adressant aux
filles de la brigade du feu. Vous pouvez arrêter
de jouer. Les filles déposèrent leurs instruments.
La pluie cessa aussitôt, les nuages s'éparpillè-
rent et le soleil reprit sa place dans le ciel.

Phinéas regarda en direction du ciel.

—Attendez une minute ! s'exclama-t-il. Il venait
d'avoir une idée. Recommencez à jouer !

demanda-t-il à Isabella.

L'orchestre entonna de nouveau la sinistre chanson. Et il arriva ce qui devait arriver : les nuages apparurent et il recommença à pleuvoir.

– Arrêtez ! ordonna Phinéas. Jouez encore ! Pendant chacune des pauses de la musique, le ciel s'éclaircissait. Puis, chaque fois qu'elles se remettaient à jouer, la pluie recommençait à tomber. C'était comme si la chanson du Poissonnier réglait la température !

– Grand-papa, ta chanson est tellement lugubre qu'elle fait pleuvoir ! s'exclama Phinéas. Serais-tu d'accord pour qu'on la joue avec un peu plus de pep ? demanda-t-il.

Allons-y pour plus de pep, mon garçon, dit grand-papa avec enthousiasme.

– Hé, Isabella, plus de pep ! on accélère un peu ! cria Phinéas.

– Ça marche ! Prêtes, les filles ? dit Isabella. Alors, les filles de la brigade du feu commencèrent à jouer une chanson syncopée et rythmée

qui bientôt entraîna toute la foule. Phinéas voulait voir si sa théorie fonctionnait. Et, évidemment, c'était le cas ! Le ciel s'éclaircit et le soleil se mit aussitôt à briller. Maintenant, le saut au-dessus du gouffre du grand-père pourrait avoir lieu comme prévu !

Sur le dessus de la plate-forme, grand-papa Reg chevauchait sa motocyclette, le Maquereau sacré, et Phinéas et Ferb prirent place dans les side-cars. Leur grand-père emballa le moteur et fit tourner la manette des gaz. Sans attendre, ils dévalèrent la rampe de lancement et s'envolèrent au-dessus du gouffre, en direction de l'endroit où ils allaient atterrir sur la terre ferme, de l'autre côté du gouffre du destin.

Phinéas n'en croyait pas ses yeux. Ils allaient réussir! Tout à coup, ils réalisèrent qu'ils n'avaient pas suffisamment de vitesse pour atteindre l'autre plateau. En un rien de temps, grand-papa Reg, Phinéas et Ferb commencèrent à tomber à grande vitesse en direction du fond du gouffre!

– Nous aurions peut-être dû laisser faire la pluie! cria grand-papa Reg pendant qu'ils continuaient de dégringoler de plus en plus vite vers le fond du ravin.

– Ne t'en fais pas, répondit Phinéas. Nous avons un plan B, n'est-ce pas Ferb?

Ferb tendit la main vers un levier dans le

poste de pilotage et il le souleva. Soudain, des ailes ultra-minces jaillirent de chaque côté des side-cars. Le vol de la motocyclette se stabilisa, elle reprit de l'altitude et se dirigea vers l'autre extrémité du gouffre. Mais, tout à coup, une des ailes du Maquereau heurta une branche d'arbre et éclata en morceaux.

– Ça, ça ne va pas nous faciliter les choses, dit Phinéas.

Il ne fallut pas plus d'une minute à Phinéas, Ferb et au grand-père pour constater que la motocyclette tanguait dangereusement. De nouveau, ils s'étaient mis à dériver dans le ciel et avaient complètement perdu la maîtrise du Maquereau sacré ! Comment allaient-ils bien pouvoir s'en sortir ?

Chapitre 5

D ans la voiture qui les ramenait à la maison après leur après-midi dans les magasins, Candice jetait un regard inquiet par la fenêtre arrière. Il lui semblait que le parcours ne prendrait jamais fin, et tout ce qu'elle voulait, c'était arriver au plus tôt à la maison et prendre son frère Phinéas sur le fait !

Jetant un regard vers le ciel, elle aperçut un curieux objet. Ne pouvant en croire ses yeux, Candice hocha la tête. Il était impossible que

grand-papa Reg, Phinéas et Ferb aient pu mettre la main sur une motocyclette volante, n'est-ce pas ?

– Papa, est-ce qu'on pourrait accélérer un peu ? demanda-t-elle, la voix fébrile.

– Ma chérie, je vais vous reconduire à la maison en deux coups de cuiller à pot, répondit son père. Sans crier gare, il freina brusquement et attendit patiemment qu'une tortue finisse de traverser la rue. Candice poussa un énorme soupir. À ce rythme-là, ils n'arriveraient jamais à la maison !

De retour à bord du Maquereau sacré, Phinéas et Ferb tentaient de maîtriser la motocyclette folle. Entamant les procédures d'atter-

rissage, ils atterrirent avec un bruit sourd sur le toit d'un train qui fonçait sur la voie en franchissant une rivière. Avant que le train ne s'engouffre dans le tunnel, le Maquereau sacré glissa du toit du train et dévala la pente en direction de l'eau tout en bas !

Réfléchissant à toute vitesse, Ferb arracha l'autre aile et la lança sous le véhicule comme s'il s'agissait d'une planche de surf. Le Maquereau sacré put alors surfer jusqu'au rivage... et poursuivre sa course ! Il fila sur la

pelouse d'abord, puis jusqu'au terrain voisin, et s'immobilisa enfin sur un château gonflable.

Brusquement, le château gonflable catapulta de nouveau le Maquereau sacré dans les airs et la motocyclette vint atterrir à son point de départ, c'est-à-dire exactement au haut de la rampe de lancement installée dans la cour de Phinéas et de Ferb.

Ayant accumulé beaucoup d'élan, le Maquereau sacré commença à dévaler la rampe. Prenant encore plus de vitesse, la motocyclette s'élança au-dessus du gouffre et s'envola de nouveau. Tout se passait au ralenti. Le regard des spectateurs était rivé sur la motocyclette et la surprise se lisait sur leur visage.

Puis, avec un bruit sourd, le Maquereau sacré atterrit miraculeusement de l'autre côté du gouffre ! La foule était en délire !

Quelle balade ! pensa Phinéas, aussi soulagé qu'enthousiaste. Grâce à une nouvelle génération du Maquereau sacré, le gouffre McGregor avait été vaincu.

– Quel spectacle, les enfants ! Quel spectacle !

94

s'exclama grand-papa Reg en félicitant Phinéas et Ferb. Ils l'avaient aidé à accomplir son grand rêve !

Pendant ce temps, la machine à lancer du sable du docteur Doofenshmirtz, avec Perry à son bord, continuait de planer dans les airs en direction de la maison de Boris le dur.

– Ha ! ha ! la maison de Boris, enfin l'objet de ma revanche ! bramait le machiavélique docteur. C'est le moment de lancer un peu de sable, n'est-ce pas, Perry l'ornithorynque ?

Perry fixait justement l'objet de sa revanche et, d'un saut, il abandonna ses chaussures, les laissant engluées dans le papier tue-mouches.

95

Depuis le début, Perry portait en secret des souliers qui ressemblaient à s'y méprendre à ses propres pieds ! Il se tenait donc debout, ne portant plus que ses chaussettes tubes rayées blanches et bleues, et décochait un regard furieux au savant maléfique.

– Des chaussettes tubes ? s'exclama le scélérat avec étonnement, mais il se concentra aussitôt sur sa machine. Inutile, il est trop tard maintenant… Le docteur appuya sur un bouton de sa télécommande. Sous leurs pieds, la botte géante se mit en position, se préparant à jeter un immense bac de sable directement sur la maison de Boris.

Enfin ! s'écria le docteur Doofenshmirtz en jubilant. Après toutes ces années, je vais enfin avoir ma revanche sur le terrible Boris le dur !

Mais Perry eut une idée. Il n'allait pas laisser le maléfique docteur s'en tirer. Juste au moment où la gigantesque botte allait heurter le bac, l'ornithorynque s'élança à travers la cabine et sauta sur le dos du docteur Doofenshmirtz.

– Que fais-tu ? s'écria le maléfique docteur.
Ça ne faisait pas du tout partie de son plan !

Chapitre 6

À la maison de Phinéas et Ferb, les garçons et grand-papa Reg relaxaient après leur extra-ordinaire réalisation.

– Merci, les enfants, d'avoir permis au vieux bonhomme que je suis de réaliser son grand rêve, dit grand-papa tout heureux.

C'est alors que Candice entra en trombe dans la cour.

– Vous les garçons, vous venez teelle-meeeeent de vous faire prendre la main dans

le sac, déclara-t-elle, en pro-
menant son regard sur le
gouffre derrière eux. Regardez,
c'est encore mieux que ce que
je pensais. Cette fois, c'est certain, vous n'allez pas vous en
tirer! En jubilant, elle reporta
son regard sur la maison. Oh!
Maman! Mamaaann!

Mais Candice ignorait que l'invention du
docteur Doofenshmirtz planait dangereusement
à proximité de la cour de Phinéas et de Ferb.
Le docteur éprouvait beaucoup de difficulté à
maîtriser son appareil parce qu'il devait également résister aux assauts de Perry, qui était
toujours agrippé à son dos.

– Arrête, Perry l'ornithorynque!
cria-t-il.

Soudain la télécommande
glissa des mains du docteur
et tomba sur le sol au-des-
sous d'eux.

– Ha! tu ne peux plus l'arrêter

maintenant! s'écria le docteur Doofenshmirtz, en regardant la télécommande tomber et se perdre au loin.

Et il avait raison. Son engin muni d'une botte et d'un bac de sable était déjà entré en action. L'énorme botte mécanique donna un coup de pied sur le bac en métal, déversant des tonnes de sable dans les airs. Il semblait bien que Boris le dur allait devoir affronter une tempête de sable, après tout.

Mais, tout à coup, une imprévisible rafale de vent déferla dans les airs. Elle souleva le sable et le fit tourbillonner en direction du docteur Doofenshmirtz! Voyant le sable venir vers eux, Perry se mit à l'abri, mais le sable s'abattit sur eux et recouvrit entièrement le maléfique docteur de la tête aux pieds.

Soudain, le bac en métal fut projeté vers l'arrière et percuta la botte géante. Celle-ci fut fracassée et les morceaux commencèrent à dégringoler vers le sol au-dessous d'eux – obliquant vers la cour de Phinéas et de Ferb! Ils étaient braqués sur une rangée de camions

à benne remplis de la terre que Phinéas et Ferb avaient excavée au moment de la création du gouffre McGregor.

La botte heurta les camions, les renversant et projetant la terre d'abord dans les airs, puis dans le fond du gouffre d'où elle provenait. L'immense tranchée du gouffre semblait ne jamais avoir existée !

Calme, Perry regardait le chaos au-dessous de lui. Puis, lentement il déplia un parapente et, sautant dans les airs, il s'éloigna de l'appareil du docteur Doofenshmirtz. Quelques instants

plus tard, l'ornithorynque le vit tourbillonner dans les airs toujours à bord de son invention désormais inutilisable.

–Sois maudit, Perry l'ornithorynque ! criait-il.

Dans la maison des Fletcher, grand-papa Reg était encore sous le choc des événements qui venaient de se dérouler.

–Je dois dire que j'aime la nouvelle chanson thème, déclara-t-il. Phinéas pensait lui aussi que le nouveau thème plus rythmé représentait une nette amélioration par rapport à l'air sinistre de l'original.

Tout à coup, Perry fit son entrée dans la cour en se balançant dans les airs.

–Hé, Perry ! l'interpella Phinéas.

–Mais, l'ancienne chanson me manque quand même, ajouta grand-papa Reg, se remémorant l'air familier qui lui rappelait tant

de souvenirs. Est-ce que ce serait possible de me le faire entendre encore une fois ?

– C'est parti, grand-papa ! Une dernière fois, les filles ! s'écria Phinéas.

Isabella et les filles de la brigade du feu entamèrent la vieille rengaine une dernière fois. Et, bien évidemment, les nuages apparurent aussitôt dans le ciel. Puis, il commença à pleuvoir, stimulant la germination de la pelouse à la surface de la terre qui venait de combler le gouffre. Phinéas et Ferb regardaient la scène avec étonnement. Super ! pensa Phinéas.

– Ces deux-là ont vraiment mis les pieds dans le plat cette fois-ci, maman, disait Candice à sa mère au moment même où la chanson

thème prenait fin. Regarde ce qu'ils ont fait de la cour. Elle tira sa mère par la main jusqu'à l'endroit précis où était le gouffre quelques minutes plus tôt.

–Sensationnel! s'exclama sa mère. Les garçons, vous avez vraiment amélioré la pelouse! C'est fantastique, tout ce gazon, et si bien arrosé avec ça. Bien fait, les gars!

Candice était sous le choc. Elle resta bouche bée en fixant la cour où, quelques instants plus tôt seulement, se trouvait un immense gouffre! Alors là, si Phinéas arrivait à s'en tirer cette fois, avec toutes ses machinations. Comment peut-il bien s'y prendre?

–Alors, qu'est-ce que tu as fait d'autre aujourd'hui? demanda Mme Flynn en poussant les garçons et grand-papa Reg à l'intérieur.

–Hé bien, ces deux joyeux lurons-là ont sorti mon vieux Maquereau des boules à mites, ils ont reproduit le gouffre McGregor pour moi et ont permis au vieux bonhomme de faire une dernière tentative, lui dit grand-papa Reg sur un ton enjoué.

Phinéas jeta un regard perplexe vers Ferb. De quoi pouvait bien parler leur grand-père ?

–Je n'en ai absolument aucune idée, répondit Ferb, sachant pertinemment ce que pensait Phinéas.

Phinéas sourit. Ils venaient de vivre une journée tout à fait spectaculaire. Grand-papa Reg avait enfin réalisé son grand rêve et lui et Ferb avaient réussi à exécuter un saut au-dessus d'un gouffre, dans un side-car, rien de moins ! Comme le soupçonnait Phinéas, recréer une des histoires extravagantes de leur grand-père Reg était certainement plus amusant que de l'écouter les raconter. Hum... pensa-t-il, je me demande quelle autre aventure nous pourrions recréer maintenant !